ÉGLISE CHRÉTIENNE UNIVERSELLE

DES VRAIS CATHOLIQUES

CONFÉRENCES

DANS

L'ÉGLISE CATHOLIQUE DE BERLAIMONT

par le chanoine X. MOULS

Chevalier de la Légion d'honneur, etc.

I^e SÉRIE

LE CONFESSIONNAL

BRUXELLES

IMPRIMERIE DE J. NYS, GATTIER

31, rue des Minimes, 31

1872

CONFÉRENCES

SUR LE

CONFESSIONNAL

Sera réputé contrefait tout exemplaire non revêtu de la signature de l'auteur.

EGLISE CHRÉTIENNE UNIVERSELLE

DES VRAIS CATHOLIQUES

CONFÉRENCES

DANS

L'ÉGLISE CATHOLIQUE DE BERLAIMONT

par le chanoine X. MOULS

Chevalier de la Légion d'honneur, etc.

Ire SÈRIE

LE CONFESSIONAL

BRUXELLES

IMPRIMERIE DE E. J. CARLIER

51, rue des Minimes, 51

1872

INTRODUCTION

C'est pour nous conformer aux désirs de nos amis que nous mettons en corps d'ouvrage les conférences que nous avons prêchées dans l'église des *vrais catholiques* de Berlaimont.

Il importe de bien remarquer que notre religion est celle du Christ, de l'Evangile, des temps primitifs du christianisme.

Il ne s'agit ici ni du protestantisme, sous quelque nuance qu'il se présente en Allemagne, en Suisse, en Angleterre, aux Etats-Unis ; ni de l'orthodoxie orientale ou occidentale ;

Il s'agit pour nous d'être chrétiens comme l'étaient nos pères, comme l'étaient un *Clément* de Rome, un *Justin* le philosophe, et tous ceux qui, dans les premiers siècles, suivaient la pure doctrine de l'Evangile, telle qu'elle avait été donnée aux apôtres par le Christ. Nous n'avons à suivre, ni Luther, ni Calvin, ni Henri VIII ou tout autre réformateur, mais le Christ et les apôtres avec l'Evangile dans les mains.

Notre Eglise n'est pas *nationale*, elle est universelle, et *se propose de rallier toutes les confessions chrétiennes sur le terrain commun de l'Evangile*. Voilà pourquoi elle porte le nom de *catholique*, c'est-à-dire d'*universelle*, qualification qui ne convient pas à Rome, à cause de son despotisme et de son exclusivisme, mais à notre Eglise, à cause de la hauteur et de la largeur de ses principes chrétiens.

Rome, qui s'est rendue coupable de tant d'usurpations séculaires, a usurpé le titre de *catholique;* nous lui en demandons compte à l'occasion de notre rupture éclatante avec elle.

Provoquée par le dogme de l'infaillibilité, cette rupture nous met dans la nécessité d'ouvrir enfin les yeux sur les erreurs savamment accumulées depuis des siècles par le romanisme à son profit, mais au détriment des vrais principes du Christ.

Or, en tête de celles qui servent le mieux d'instrument de despotisme, de tyrannie et qui trouvent leur condamnation dans l'Evangile, il faut placer la pratique de la confession auriculaire telle qu'elle a été mise en vigueur, en 1215, par le rusé Innocent III, au Concile de Latran.

Voilà pourquoi nous avons ouvert nos conférences par le confessionnal, qui est la grande plaie de notre siècle.

Nous démontrons que le confessionnal est une *institution monacale* mise en vigueur au commencement du treizième siècle ;

Qu'il est un fléau pour le prêtre, avant, pendant et après la confession ; un fléau pour l'enfance, la jeunesse, l'âge mûr et la vieillesse; un fléau pour tous les âges, pour les familles et la société ;

Qu'il est un obstacle invincible à tout progrès religieux et social ;

Que par conséquent il faut supprimer cet instrument de domination universelle, d'espionnage universel, organisé, complet, violateur du secret de la confession.

Evidemment cette suppression ne saurait entraîner celle de la confession qui a toujours existé, sous une forme ou sous une autre, dans toutes les religions ; chez les hébreux, par l'imposante cérémonie du bouc émissaire porteur des fautes de tout un peuple; chez les païens, par des pénitences privées et publiques ; chez les protestants, de quatre manières différentes, par la confession secrète ou publique, par la confession faite au ministre ou à un laïque.

La confession est secrète par la prière qui se fait en particulier quand, selon la prescription de l'Evangile (Math. VI, 6 et suiv.), on se tient à l'écart pour prier, gémir sur ses fautes et en demander pardon à Dieu seul et non pas à un homme.

La confession publique consiste à demander à Dieu pardon des fautes par une prière récitée à haute voix dans l'assemblée des fidèles, selon l'usage de la primitive Eglise.

On fait la confession au ministre, quand on met devant lui sa conscience à nu pour lui demander des conseils. Elle est faite à un laïque lorsqu'un chrétien, mettant sa confiance en lui, lui révèle l'état de son âme, afin d'en obtenir des conseils et des prières ; ou bien lorsqu'on avoue à un autre ses torts envers lui pour en obtenir le pardon.

Entre ces diverses formes de confession et la confession romaine, quelle différence énorme !

D'un côté, on se confesse *directement* à Dieu pour obtenir de lui le pardon par le sang de J.-C. ; de l'autre côté, c'est-à-dire chez les Romains, on se confesse à un homme pêcheur, afin de recevoir par son ministère l'absolution divine. *Egote absolvo.*

Au confessionnal, c'est l'homme (et souvent quel homme !) substitué à la divinité. C'est une usurpation des droits du ciel.

Ajoutons que la confession auriculaire a été mise en vigueur pour enrichir le sacerdoce.

Le scandaleux *tarif* connu sous le titre de *taxe de la chancellerie romaine* met cette vérité dans la plus haute évidence.

Voici, pour l'édification des lecteurs, quelques-uns des principaux articles contenus dans cet infâme *Guide-âme.*

Sans nous occuper de l'absolution donnée moyennant rétribution pour le meurtre de sa mère, de son père, de sa femme, etc., etc. bornons-nous aux fautes qui peuvent être facilement tenues secrètes, comme par exemple le crime d'une femme qui a pris un breuvage d'avortement : coût 1 ducat 6 carlins (Titre xxi).

Pour tout acte d'impureté de quelque *nature* qu'il soit, au double point de vue de la parenté ou de la religion : coût 36 tournois et 3 ducats. (T. xlii).

Pour toute sorte de péchés de luxure commis par un laïque : 6 tournois et 2 ducats. (T. xlii).

Pour celui qui déshonore une jeune fille : 6 carlins. (T. xviii).

Pour celui qui commet une impureté avec sa mère, 5 carlins.

Rien ne manque à ce dégoûtant catalogue, pas même le dernier article.

Et voilà les tristes conséquences du confessionnal. Dans ce mystérieux sanctuaire, *espèce de banque secrète*, autrefois le marché se traitait de gré à gré, au profit de l'Eglise et du confesseur. On y achetait l'absolution et le silence. Placée entre la crainte de voir ses faiblesses divulguées et l'obligation d'acquitter l'impôt ecclésiastique, le beau sexe avait-il à hésiter?

Mais jetons un voile sur toutes ces horreurs et passons aux conférences qui ne démontreront que trop la nécessité de supprimer le confessionnal, œuvre non du ciel, mais de la terre, œuvre des hommes, essentiellement monacale.

LE CONFESSIONNAL

1ʳᵉ CONFÉRENCE.

5 mai 1872.

Messieurs,

Avant d'aborder mon sujet, j'ai à payer une dette sacrée et chérie de mon cœur, la dette de la reconnaissance.

Merci, Messieurs, de la bienveillance avec laquelle vous avez accueilli les champions du vrai christianisme ;

Merci des applaudissements mérités et par vous décernés au docteur Junqua, à sa rare éloquence ;

Merci de vos sympathies hautement exprimées pour cet athlète de l'émancipation de la conscience humaine ;

Mais par-dessus tout, merci de l'ordre admirable qui n'a cessé de régner dans cette enceinte pendant nos conférences. Ce passé nous répond de l'avenir.

A Paris, à Bordeaux, partout, en attendant son retour parmi nous, le docteur Junqua, ravi du spectacle que vous lui avez offert, proclamera que

les institutions belges sont les plus libérales de
l'Europe; que le peuple belge est par excellence
le peuple de la liberté et du progrès;

Que la nation belge a bien mérité du ciel et de
la terre, de la religion et de l'humanité.

Messieurs, le docteur Junqua a traité devant
vous les questions *d'ensemble* et nous a laissé les
détails. Il a fait la synthèse; à d'autres *l'analyse*,
à d'autres le soin de prendre corps à corps, une
à une les erreurs innombrables de l'ultramonta-
nisme pour les soumettre au tribunal de l'histoire
et du bon sens.

Messieurs, de tous côtés on nous écrit à peu près
dans ces termes : « Vous n'avez rompu avec Rome
qu'à cause de l'infaillibilité. Pourquoi l'attaquez
vous en dehors de ce dogme? »

Je réponds : Quand un époux a fini par sur-
prendre son épouse en *flagrant délit*... que fait-il?
Rupture, divorce, séparation de corps et de biens,
liquidation complète. *Redde rationem villicationis
tuæ.* Autant il fut indulgent, autant il devient ri-
goureux. Point d'injustice, mais aussi, point de
passe droit. Il faut des comptes exacts. *Redde rationem.*

Anciens époux de l'Eglise romaine, nous avons
rompu solennellement avec elle à cause du flagrant
délit d'une *nouveauté.* A cette occasion, nous ne
fermons plus les yeux sur ses erreurs, et nous
venons lui demander devant vous, Messieurs, la

raison de tout ce qu'elle a ajouté, de siècle en siècle, à la véritable doctrine du Christ.

Quels comptes à rendre!...

Commençons aujourd'hui par une des plus grandes plaies de notre siècle, le confessionnal, *institution monacale* qui éloigne de plus en plus du romanisme les hommes intelligents et sincères :

Le confessionnal! au fond de ces Eglises romaines, ultramontaines, gothiques et toutes pleines de mystère, dans un réduit obscur, voyez-vous ce petit sanctuaire des plus mystérieux qu'on appelle un confessionnal!

Là, un prêtre aux vêtements blancs trône comme un ange ou plutôt comme un Dieu.

Une fille d'Eve, une autre Madeleine peut-être, est prosternée à deux genoux, à ses pieds, comme pour l'adorer. Timide, tremblante, d'une voix entrecoupée de soupirs, elle ouvre son cœur, toute son âme. Elle y fait des révélations qu'elle n'osait pas s'avouer à elle-même. Tout bas elle murmure à l'oreille d'un homme des secrets connus de Dieu seul. Elle les arrache péniblement de son cœur, un à un, avec une émotion profonde. Elle a le génie de les rendre si *mignons*, en apparence, qu'ils provoqueraient la chute même d'un ange. Ce petit sanctuaire, ce meuble, cette guérite a, sans doute, des compartiments distincts; et le confesseur est séparé de sa pénitente : c'est vrai.

Mais la barrière n'a que l'épaisseur d'une planche et la planche est largement trouée.

Les deux sexes y sont côte à côte, tête à tête ; Ils peuvent entendre et compter les battements de leurs cœurs ; confondre leur respiration et même leurs soupirs. Nous savons qu'ils parlent tout bas dans l'ombre du mystère ; qu'ils agitent les questions les plus délicates, non superficiellement, mais à fond et longuement ; et qu'ils portent le scalpel jusque dans les derniers replis de l'âme.

Celle qui parle et s'accuse est une fille d'Eve, et celui qui écoute attentivement est, avant tout, un homme, un jeune homme, un célibataire au printemps de la vie, avec un tempérament aussi incandescent que la lave des volcans.

Soumises à de telles épreuves, les vertus mêmes des Cieux ne seraient-elles point ébranlées?

A vous d'en juger, Messieurs.

Un prélat demandait à Pie IX s'il comptait beaucoup de prêtres vraiment célibataires dans ses Etats, à Rome surtout. — Savez-vous sa réponse? *Un* sur cent.

Le clergé belge et français est meilleur. Mais je dis : le plus grand coupable n'est pas celui qu'on pense : ce n'est pas le *célibat forcé,* mais le *confessionnal...*

Messieurs, remarquez bien que nos attaques ne sont pas dirigées contre la confession en général. La confession, étant un besoin de la nature humaine, a toujours plus ou moins existé et existe encore sous une forme ou sous une autre dans toutes les religions. Elle mérite nos respects. Mais celle que nous abhorrons, c'est la *confession telle qu'elle est en vigueur dans l'Eglise romaine depuis, surtout, le concile de Latran, (1215:) celle qui se traduit par le confessionnal.* C'est un véritable fléau !...

Aux temps du Christ, des apôtres, y avait-il des confessionnaux? L'histoire et les archéologues en ont-ils découvert dans les catacombes, dans les premiers siècles de l'Eglise?

Non, Messieurs, mille fois non.

Le plus grand théologien du romanisme, *Thomas d'Aquin,* ayant été obligé de reconnaître, malgré lui, que la nécessité de la confession n'est pas dans l'Evangile (1), le cardinal *Bellarmin,* ce terrible polémiste des jésuites, fit une découverte comparable à celle d'Alexandre Dumas découvrant la méditerranée. Il trouva la confession établie déjà dès le 3me chapitre de la *Génèse,* c'est-à-dire dans le Paradis terrestre... Ainsi, Adam et Eve se confessaient dans Eden. Vous savez à quel prêtre...

Malgré mes recherches, je ne l'ai rencontrée sérieusement, universellement établie qu'à dater du célèbre concile de Latran (1215.)

Jusqu'à cette époque, tout s'est borné à des essais, à des tâtonnements, dans les monastères principalement.

Il est certain que le confessionnal nous vient des

(1) Somm. Th., supp., article 6, alinéa 2.

couvents; c'est une institution monacale. Un
jour saint Benoit imposa à ses moines le devoir de
confesser leurs fautes à l'abbé. C'était là une confession d'humilité à laquelle n'était attachée aucune idée de sacrement ou de rémission des péchés.

On l'appelait la coulpe.

Toutefois l'idée du moine de Norcia fut remar-
quée par les prêtres, et ils voulurent en faire leur
profit.

D'un autre côté, les évêques, tirés pour la plu-
part des monastères, voulant dominer despotique-
ment le clergé comme les *abbés* dominaient leurs
moines, se mirent à introduire dans le clergé la
règle de saint Benoit, et par là même la confession
auriculaire, *sans en imposer pourtant l'obligation.*

Les prêtres voulurent, à leur tour, dominer le
peuple et se mirent à exalter cette pratique, à en
vanter l'utilité.

Dès lors elle *se répandit;* mais elle ne fut pas
obligatoire d'abord. Savez-vous, Messieurs, quand
elle le devint ?

Au 13me siècle, par le fait du concile de Latran
sous le pape Innocent III (1215.)

C'est à cette date, relativement récente, et non
au déluge, ou plus haut, que remonte l'usage
constant, universel, définitif, obligatoire de la
confession auriculaire, *du confessionnal.*

Après des débats très-orageux, le concile or-
donna à tout fidèle de déclarer ses péchés à

l'oreille d'un prêtre, sous peine d'anathème, c'est-à-dire d'excommunication pendant la vie et de privation de sépulture en terre sainte après sa mort. *Anathema sit.* Voilà, Messieurs...

Dans ce siècle d'ignorance immortelle où l'Église romaine dominait sans conteste sur toute l'Europe chrétienne, les *moutons de Panurge se soumirent.* Et comme ces militaires dont parlaient l'autre jour les journaux de votre riante cité, ils s'en allèrent en procession au confessionnal pour remplir le devoir pascal.

Messieurs, faut-il s'étonner de ces audaces et de ces succès de Rome, quand vous la voyez en plein xixᵉ siècle, dans un siècle de lumières, anathématiser quiconque ne croira pas qu'un simple mortel est infaillible comme Dieu lui-même, quiconque ne se prosternera pas pour adorer l'idole du Vatican?

Rome, tu nous dis anathème? Eh bien, soyons anathème. Mais la vérité avant tout. *Magis amica veritas.*

Et maintenant, Messieurs, qu'est-ce que le confessionnal? C'est le cabinet noir. C'est un obstacle invincible à tout progrès dans l'ordre religieux et social. Nous le démontrerons plus tard.

Disons, en attendant, que le confessionnal est le fléau du clergé, des individus, des familles, des cités et des peuples ;

Fléau pour le prêtre *avant, pendant* et *après* la confession.

Fléau pour les individus et les sociétés partout et toujours.

Messieurs, le confessionnal exige les *Diaconales*, c'est-à-dire l'étude du livre le plus froidement obscène du monde, roulant constamment sur les questions les plus délicates, les plus intimes de l'amour conjugal, de Sodomme et de Gomorrhe.

Le plus effronté libertin ne pourrait lire sans rougir les turpitudes consignées dans les livres de théologie morale. Voilà pourtant les ouvrages sur lesquels se forme l'éducation du jeune clergé dans les séminaires. A quelle époque, Messieurs? Au moment de l'ordination, de l'élévation au sacerdoce du Christ. A quel âge? à 23 ou 24 ans, au printemps de la vie. Ces jeunes prêtres à imagination ardente, exaltés outre mesure par l'abstinence forcée, après cinq années passées dans l'*étude* de livres obscènes, que feront-ils quand, dans toute la fleur de leur jeunesse, ils vont se trouver en tête-à-tête avec ces filles d'Ève, mariées ou non mariées, qui viendront leur ouvrir leur cœur, leur confier leurs faiblesses, dans les mystérieux tête-à-tête du confessionnal? Encore une fois, Messieurs, je vous le demande, que voulez-vous qu'ils fassent?... Malheureuses victimes de la confession, c'est à vous qu'il appartient de répondre.

Si par malheur, à un tempérament heureux, à

une pratique constante de la vertu, ils n'ajoutent pas une vie sobre, très-laborieuse; si, à une volonté triplement énergique, ils ne joignent pas la passion de l'étude et une réserve extrême au confessionnal et ailleurs, en vérité, je vous le dis, Messieurs, ils sont perdus, ils n'échapperont pas aux dangers du confessionnal.

Oui, Messieurs, le confessionnal est un fléau pour les prêtres, jeunes et vieux, sans exception.

C'est aussi un fléau pour l'enfance, pour la jeunesse, pour l'âge mûr, même pour la vieillesse; oui, pour la vieillesse, à cause surtout des captations d'héritages.

L'*enfant,* d'après les lois formelles de l'Église, doit se confesser dès l'âge de sept ans. Il s'y soumet ou, pour mieux dire, on l'y soumet. Ses aveux sont bientôt faits. Mais attention, Messieurs, l'interrogatoire commence : Le confesseur y est tenu.

Eh bien, Messieurs, veuillez me permettre de vous dire que le confesseur, même le plus sage et le plus expérimenté, transformera, sans le vouloir, le confessionnal en école d'immoralité. Citons un exemple des plus modérés :

— Mon enfant, disait un vénérable prêtre à une jeune petite fille qu'il confessait, aimez-vous quelqu'un?

— Oui, mon père, j'aime mes parents.

— C'est bien, mon enfant, mais encore?

— J'aime mon frère, mes amies.

— Sans doute ; mais n'avez-vous jamais remar-
qué personne, un des amis de votre frère, par
exemple ?

— Non, mon père.

— Vous n'avez pas de cousins ?

— Si, mon père.

— Les voyez-vous quelquefois ?

— Souvent.

— Et vous embrassent-ils ?

— Oui, mon père.

— Comment vous embrassent-ils ?

— Tout naturellement, comme on le fait toujours.

— J'entends, mais ne le font-ils pas sur la bou-
che ?

— Je ne sais ; peut-être oui !

— Ah ! mon enfant, il ne le faut pas. Prenez
garde, c'est un très-grand péché, ne le commettez
plus.

Messieurs, la fillette sort du confessionnal, et
aussitôt elle s'interroge et se demande pourquoi
un baiser sur les lèvres diffère tant d'un baiser
sur le front. Plût à Dieu que là se bornassent
toutes les initiations de l'enfance au mal !

Arrivons à l'époque solennelle de la *première
communion*.

Quelle sollicitude de la part du clergé ! Alors on
entasse confessions sur confessions, confessions
particulières, confessions générales des plus mi-

nutieuses pour en assurer l'intégrité. Un scandaleux examen de conscience en forme de livre est
mis dans les mains des enfants; et comme s'il ne
suffisait pas, le confesseur a soin de le développer
sur les matières les plus scabreuses. Il met à la
torture ces malheureux enfants. Or, Messieurs,
voulez-vous savoir le résultat final de toutes ces
investigations?

Le plus souvent on y apprend le mal qu'on
ignorait encore.

Passons à la jeunesse. En général, les jeunes
gens ont trop d'esprit et trop le sentiment de leur
dignité personnelle pour se confesser longtemps
après leur première communion. Ils brillent par
leur absence du confessionnal. Je les en félicite
sous ce rapport. J'ai, Messieurs, pour cela, de
très-graves raisons, que cet auditoire d'élite a déjà
comprises. En général, chez les hommes la confession n'est bonne que pour les hypocrites et les
niais...

Je dois garder une extrême réserve sur les
points délicats qu'il me reste à traiter. Que n'au-
rais-je point à dire du confessionnal pour les
femmes mariées ou non mariées?

Sur ce terrain brûlant, marchons avec prudence.
Rome a tellement pesé sur les familles soumises
à ses lois, à son joug, qu'en certaines contrées il
n'est plus permis à une jeune fille de se tenir à
l'écart du confessionnal. Il faut absolument se con-

fesser. Une jeune fille qui n'irait pas à confesse régulièrement ! fi donc !...

Lise et Zulmée sortent du tribunal sacré, ou du sacré tribunal, comme vous le voudrez, Messieurs, rouges d'émotion; elles s'abordent et se regardent d'un air mystérieux avec un sourire céleste.

Le dialogue commence :

Lise. Oh ! que je suis contente ! je tremblais en entrant; il m'a rassurée. Je lui ai tout dit. Il est si aimable et si bon !

Zulmée. Je te l'avais bien dit.

Remarquez, Messieurs, que le cœur, et non la raison ou la contrainte, avait présidé à ce choix d'un confesseur jeune, élégant et gracieux.

Chères Lise et Zulmée, qu'on voit sans cesse dans l'église, à la communion, au confessionnal, on dit que vous êtes pieuses et les modèles de la paroisse, et mon expérience m'apprend que trop souvent votre culte s'adresse à votre confesseur. Il est votre idole.

Parlons de la femme mariée.

Messieurs, vous comprenez facilement qu'une grande partie de ce que nous avons dit et sous-entendu, à propos de la jeune fille, s'applique également à la femme, attendu que pour cette dernière comme pour l'autre, c'est la fantaisie qui préside souvent au choix du confesseur.

Toutefois, hâtons-nous de le reconnaître, il existe une raison essentielle pour que le senti-

ment de la femme mariée ne dégénère pas aussi
facilement que celui de la jeune fille : *Il s'agit des
devoirs que lui imposent le mariage et sa qualité de
mère de famille.*

Mais, hélas! que de femmes exaltées, roma-
nesques, d'une nature ardente, excitées par l'at-
trait du mystère et du secret!...

Je m'arrête, Messieurs, pour fixer votre attention sur les femmes, et, grâce au ciel! elles sont
nombreuses, qui prennent au sérieux le prêtre
et le confessionnal. Savez-vous alors ce qui
arrive, même dans ce cas? le confesseur s'interpose
entre mari et femme et règne en souverain au
sein de la famille.

Le prêtre, Messieurs, veut y dominer à tout
prix. En conséquence, chefs de la famille, soumettez-vous et soyez esclaves, ou bien préparez-vous
à une guerre formidable.

Si vous vous conformez à ses idées, il trônera
dans la maison : rien ne pourra se faire sans le *visa*
du confesseur. Placé entre votre femme et vous,
il s'immiscera par ses insinuations et ses conseils
jusques dans le lien sacré qui vous unit; et au
nom de lois prétendues divines, en vrai despote,
il troublera votre amour conjugal, même dans les
aspirations les plus légitimes.

Allant encore plus loin, il se placera entre vous
et vos enfants : votre autorité paternelle n'aura
d'action que sous le contrôle et le bon plaisir du

confesseur. Il préside à leur éducation, au choix
de leur état; il fait et défait les projets de mariage; il est, en un mot, le véritable père de famille. La famille, c'est lui...

Malheur à celui qui voudrait se soustraire à cet
absolutisme et revendiquer ses droits de père et
de mari! il apprendrait alors ce que c'est que la
haine d'un prêtre ou d'un moine. Adieu la paix de
la famille : le foyer domestique serait un foyer de
discorde et peut-être de séparation.

Pères, vous seriez signalés comme des incré-
dules, des athées. C'est dans ce sens que le confesseur, avec une hypocrite compassion, parlerait de
vous à une épouse, à des enfants chéris; et l'épouse
ne vous recevrait qu'avec une secrète répugnance;
et les enfants n'auraient pour vous aucune estime;
Pourquoi? On leur a dit que vous étiez des damnés.

Aussi, voyez comme à tous vos ordres on op-
pose une résistance ouverte ou secrète. Les cœurs
de la femme et des enfants sont fermés; le bonheur,
qui naît de l'expansion des cœurs dans une famille, n'existe plus pour vous, malheureux pères,
et au lieu de trouver au foyer la consolation, vous
n'y trouvez que défiance et affliction.

Prêtres, moines cruels, qu'avez-vous fait? A la
place du ciel dans la famille, vous avez mis l'en-
fer...

Telle est, Messieurs, l'histoire infaillible des
ultramontains qui fréquentent le confessionnal.

Dans leurs familles, le prêtre doit nécessairement ou trôner en despote ou fomenter la division.

Voilà pourquoi souvent le père de famille, fati-
gué de souffrir, devient hypocrite et se soumet
pour le bien de la paix; ou bien, paralysé, la livre
à ses propres caprices. Jetez un coup d'œil d'analyse philosophique sur les infortunes de tant de
familles, et vous reconnaîtrez qu'ordinairement
elles ont leur origine dans le confessionnal.

Messieurs, voulez-vous savoir pourquoi tant de
familles sont tout à coup plongées dans la misère?
pourquoi elles y croupissent? C'est qu'un avide
confesseur exploite la femme au sein du ménage,
comme une véritable sangsue, comme un cancer
impitoyable; c'est qu'un rapace confesseur abuse
de la faiblesse d'un moribond en le faisant tester
au profit du clergé. Les exemples de cette nature
fourmillent; et plus le confessionnal est fréquenté,
plus l'exploitation des héritages par le clergé, et
surtout par les moines, se développe et grandit.

Messieurs, mettons un voile sur toutes ces turpitudes du confessionnal.

Il est donc vrai que ce maudit sanctuaire est le
fléau du prêtre, de l'enfant, de la jeunesse, de la
jeune fille, de la femme et de la famille.

Veuillez écouter maintenant ces paroles d'un
prêtre savant et expérimenté, M. l'abbé Louis
Desanctis, qui a fait la brochure intitulée: *La
Confession :*

A la page 40, je lis : « Candides adolescentes qui,
par les indiscrètes et impures questions d'un confesseur, avez appris le mal que vous auriez dû
ignorer toujours ; chastes épouses, qui avez été
induites, par les infâmes sollicitations d'un confesseur dissolu, à trahir la foi conjugale ; jeunes
garçons, à qui la confession a appris et fait subir
une pratique infâme, c'est vous que je prends à
témoin de la vérité de ce que j'avance ; c'est à votre
conscience que j'en appelle, et je suis certain que
vous êtes dans Rome (1847) au nombre de *mille*
et de plus de *cent mille* dans toute l'Italie, qui
pouvez vous dire à vous-mêmes : Nous savons,
par notre propre expérience, que les paroles de
l'exilé sont la vérité. Mais, des faits de ce genre,
c'est le grand nombre qui reste inconnu, et pour
savoir pleinement ce qui en est, il faut, comme
l'exilé, s'être assis pendant 15 ans dans un confessionnal. »

Jetez plutôt un regard sur l'immoralité publique qui ronge les villes, les pays les plus adonnés à
la confession romaine.

« Rome, ajoute-t-il (page 41), Rome surpasse
en mauvaises mœurs toutes les villes de l'Italie. »

Faut-il en accuser le peuple romain ? Non ! le
peuple romain, grand, généreux comme ses ancê-
tres, serait un peuple à grandes vertus, un peuple héroïque, s'il était guidé dans ce sens, s'il
avait l'Évangile pour base d'enseignement.

Mais toutes ces belles tendances sont étouffées par les doctrines de son Eglise, et ce peuple s'abrutit dans le vice par le confessionnal.

Le blasphème contre Dieu est le vice dominant des Romains; mais le blasphémateur se confesse, s'en va absous et n'est pas encore sorti de l'Eglise qu'il recommence à blasphémer. L'ivresse, l'homicide, le larcin, la fraude, l'adultère sont des vices très-communs. Mais celui qui les commet, s'en confesse et se croit absous. Et l'immoralité non-seulement ne s'arrête pas, mais se commet sans honte, à raison de la facilité de s'en racheter par le confessionnal. »

Et maintenant, Messieurs, admirez la puissance de cette institution monacale.

Plus elle est en honneur dans un pays, plus il est corrompu. Les statistiques criminelles prouvent que les délits sont plus nombreux dans les contrées ultramontaines que chez les protestants; que dans les pays mixtes, les délinquants sont en majorité chez les catholiques.

Les statistiques nous apprennent, Messieurs, que les condamnations chez les Romains sont comme *dix* est à mille, et chez les protestants comme *un* est à mille.

Faites la comparaison des cantons protestants avec les cantons catholiques de la Suisse; du pays des Vaudois avec le reste du Piémont, vous trouverez que ces derniers l'emportent de beaucoup sur les premiers en criminalité et en corruption. Que n'aurions-nous pas encore à dire sur le confessionnal? Mais finissons-en pour ne pas abuser de votre patience.

La démonstration est toute faite.

Concluons. Messieurs, voulez-vous savoir toute ma pensée en pareille matière?

A mon âge et dans ma position, on n'a pas la prétention de se marier. Je suis contre le célibat forcé, qui n'est qu'une invention politique et malheureuse de Grégoire VII; mais j'aime le célibat par amour pour l'étude et pour la liberté. Mais Si j'étais marié, si j'avais des enfants, aux enfants j'interdirais le confessionnal comme un véritable poison, comme une école dangereuse pour les bonnes mœurs; à ma femme je défendrais rigoureusement le confessionnal pour éviter tout partage et d'esprit et de cœur.

Messieurs, si en prenant possession de cette église j'y avais trouvé un confessionnal, je l'aurais acheté. Pourquoi? pour me donner le plaisir de brûler en silence ce fléau de la religion et de la société.

2ᵉ CONFÉRENCE

7 mai 1872.

Messieurs,

La dernière conférence a roulé sur l'origine et les funestes effets immoraux du confessionnal.

Nous avons démontré que cette institution monacale n'avait été mise en vigeur d'une manière obligatoire, universelle et définitive, que sous le pape Innocent III, en 1215, au concile de Latran.

Nous avons développé brièvement, ce que vous saviez tous ou presque tous, Messieurs, que le confessionnal est un fléau pour l'*enfance*, l'adolescence, la jeunesse, l'âge mûr, et même la vieillesse ;

Un fléau pour le prêtre, *avant*, *pendant* et *après* la confession.

Messieurs, établissons aujourd'hui que le confessionnal est un *obstacle invincible à tout progrès* dans l'ordre religieux.

Posons, en principe général, qu'étant fatal aux bonnes mœurs comme nous l'avons déjà établi, nécessairement il doit être nuisible au progrès religieux et social.

Mais qu'est-ce que le progrès en général ? Suivant l'étymologie du mot, c'est une marche en avant ; ce n'est pas l'immobilité de la borne du chemin. Progresser, ce n'est pas rester à l'état

d'embryon, ce n'est pas demeurer dans l'enfance ;
c'est croître, grandir, se développer. Telle est, en
peu de mots, la notion du progrès.

Mais en religion, qu'est-ce que le progrès ?

Est-ce la découverte de nouvelles doctrines, l'addition de nouveaux matériaux à l'édifice de l'Evangile ? Serait-ce, par hasard, le dogme inqualifiable de
l'infaillibilité ?

Messieurs, les jésuites sont seuls capables d'attacher à la promulgation de cette doctrine l'idée
du progrès, parce qu'en aboutissant à l'ignorance
universelle, elle consacre leur domination universelle. Nous, Messieurs, nous déclarons que la création des dogmes nouveaux, et surtout de l'infaillibilité, qui anéantit la raison en présence d'un homme
appelé le pape, fait rétrograder et non progresser
l'humanité.

Savez-vous où est le progrès ? Dans l'Evangile.

Le Christ a fondé le progrès. Il n'a pas, à la
vérité, cultivé les sciences ni l'industrie ; mais il
leur a préparé le terrain favorable.

En prêchant la fraternité humaine, le pardon
des injures, en lavant les pieds à ses disciples, en
recommandant que chacun fasse valoir le capital
entre ses mains et place sa lumière sur le chandelier, afin que tous en profitent, Jésus n'a-t-il
pas posé ces principes de paix, de bienveillance
réciproque et d'activité qui sont à la base de notre
civilisation ?

L'Evangile nous apprend que nous sommes tous frères, tous égaux devant Dieu et devant la loi; que nous sommes tous libres. Ces grands principes de 89, en l'honneur desquels le P. Hyacinthe disait, avant sa rupture avec l'Eglise romaine, qu'il faudrait faire un 89 s'il n'était déjà fait, ces grands principes ne sont-ils pas un épanouissement, un pâle reflet des doctrines du Christ? Quand la conscience humaine sera partout émancipée complétement, n'aurons-nous pas alors l'application rigoureuse de l'Evangile?

Est-il possible d'ouvrir de plus vastes perspectives, d'inventer une religion plus libérale et plus progressive que celle du Christ? Nous sommes incontestablement dans un siècle de progrès : témoins ces prodiges de la vapeur, de l'électricité à travers les plaines, les montagnes et les mers. Mais n'oublions pas, Messieurs, que le Christ n'a aucune leçon à recevoir de l'esprit moderne; et que l'esprit moderne devra rester longtemps encore à l'école du docteur de Nazareth.

Nous sommes arrivés à l'âge mûr du christianisme; c'est ce que l'Eglise romaine a perdu de vue en nous traitant comme des enfants en bas âge; mais nous ne sommes pas arrivés à la màturité, au progrès, déterminé par l'Evangile, tant l'Evangile est la loi du progrès!

Voulez-vous connaître le grand obstacle au progrès religieux voulu par le Christ? C'est le confessionnal. C'est lui qui, partout, arrête le char du progrès. Mais le char passera et le broiera sous ses roues d'acier.

Le confessionnal, Messieurs, c'est l'ignorance, la nuit profonde, un immense *éteignoir*.

Il a été créé et mis au monde pour atteindre ce but rétrograde. En effet, quand au 13e siècle l'esprit religieux se réveilla parmi nous, de courageux chrétiens, après avoir lu et médité la Bible, après l'avoir mise en regard des doctrines de Rome, se mirent à flétrir les abus de l'Eglise romaine, à déclarer qu'elle avait dénaturé les enseignements de l'Evangile. Le pape les gratifia du titre d'hérétiques.

Ces prétendus hérétiques s'en allèrent au milieu des peuples en lisant et faisant lire la Bible : ils donnaient à comprendre combien la doctrine et la morale de Rome étaient différentes de la doctrine et de la morale évangéliques.

Ces intrépides champions du vrai christianisme firent de nombreux adeptes, et les multitudes, admirant les beautés de ces doctrines, lisaient la Bible et abandonnaient l'Eglise romaine comme on délaisse une prostituée.

Un cri d'alarme retentit dans la ville de Rome. Le pape et les despotes sentirent leurs trônes chanceler. Adieu leur tyrannie si les peuples venaient à bien connaître la Bible.

« Aux grands maux les grands remèdes,

s'écrièrent-ils, d'une voix terrible et d'un regard courroucé. Guerre à mort aux hérétiques, c'est-à-dire aux lecteurs de la Bible. »

Alors le sang fut répandu à flots. On commit les cruautés les plus horribles contre les partisans de l'Evangile, et l'on pouvait suivre ces vrais chrétiens aux traces de leur sang.

Mais vous savez, Messieurs, que la persécution ouverte fait des prosélites et féconde la foi religieuse au lieu de la tuer.

Rome le comprit et fit alors une invention digne d'elle : Elle mit en vigueur une persécution occulte, secrète, mystérieuse; elle inventa une sorte de *Termite, de ver rongeur,* de cabinet noir : le confessionnal!...

Les enfants de Loyola n'existaient pas encore ; autrement ils l'auraient imaginé. A leur défaut, le pape Innocent III, le plus fourbe et le plus audacieux des papes, créa, mit en vigueur le confessionnal. Avouons, Messieurs, qu'habile médecin il alla droit au remède contre le prétendu poison de la Bible.

Dans le 4me concile de Latran, après avoir convoqué aux croisades, après avoir proclamée sainte la persécution à outrance contre ceux qui professaient l'Evangile, il osa établir que la confession auriculaire serait obligatoire pour tous les partisans de l'Eglise de Rome, et mit en honneur le confessionnal.

Eh bien! nous, Messieurs, au nom du Christ et de son Evangile, au nom de l'histoire et de la raison philosophique, nous déclarons que la confession auriculaire, mise en vigueur dans l'Eglise romaine par Innocent III en 1215, n'est pas obligatoire, qu'elle ne le fut jamais de par le Christ, l'Evangile et les pratiques des siècles primitifs ; qu'elle est une invention de la terre et non du ciel, humaine et non divine ; et que nous, vrais catholiques, nous ne voulons pas du confessionnal, que nous regardons comme un obstacle invincible au progrès religieux.

En effet, Messieurs, le confessionnal enfante l'ignorance et la superstition, et n'est bon qu'à faire un peuple d'enfants et d'idiots, sans compter le reste.

Le confesseur n'y devient-il pas le livre toujours ouvert et vivant, surtout des femmes et des enfants. Ils ne pensent, n'aiment, ne respirent, ne voient, n'entendent et n'agissent que par leur directeur. Adieu l'autorité d'un père, d'une mère, d'un frère, d'un ami, d'un homme dévoué, intelligent, instruit, quand même il aurait le génie des Socrate et des Platon. Le confesseur a-t-il parlé? on répond aussitôt comme autrefois Samuel : Parlez, seigneur, votre serviteur écoute. *Ecce ego, domine, quia vocasti me.* Obéissance aveugle, cadavérique ; *perindè ac cadaver.*

En fait de livres et de journaux, on prend les

ordres du confesseur. Il préside rigoureusement
à leur choix. C'est le chef de la congrégation de
l'*Index,* un membre de l'inquisition. Il rend des
jugements : ce livre d'un père ou d'un ami est-il
déclaré mauvais, on le brûle impitoyablement, et
même injustement, parce qu'il appartient à autrui.

On fait la chasse aux journaux anti-romains
et libéraux, et la pénitente doit non-seulement ne
jamais les lire, mais encore les bannir du foyer domestique pour y substituer des feuilles ultramontaines dont le moindre défaut consiste à ne jamais
dire la vérité.

— Après ces *in pace* et ces auto-dafé, jeune personne qui fréquentez assidûment le confessionnal, voudriez-vous me permettre de visiter votre
bibliothèque?

— Volontiers, monsieur le Docteur, elle n'est
pas volumineuse, mais elle me suffit et me rend
heureux.

— Vous avez choisi vous-même vos livres?

— Non, monsieur le Docteur, ce n'était pas
mon affaire.

— L'affaire de qui?

— De mon directeur.

— Ah! vous craignez le poison?

— Je veux le salut de mon âme.

— Votre guide, votre ange Raphaël est évidem-
ment un sage conseiller?

— Jugez-en par vous-même, monsieur le Docteur.

— Voyons : 1º *Paroissien romain* en peau de chagrin, sur tranche dorée. Grand luxe, surtout de latin *incompris.*

2º *Histoire Sainte, Histoire de la Religion,* par l'Homond, c'est-à-dire à la façon de *Loriquet.*

3º La *Perfection chrétienne,* du P. Rodriguez, avec ses légendes et ses vies extraordinaires des pères du désert, légendes et vies sorties du cerveau creux d'un moine ; contes absurdes, capables de faire dormir debout.

4º L'*Introduction à la Vie dévote,* par saint François de Sales, et peut-être aussi par Mᵉ Chantal.

5º Le *Combat spirituel,* qui n'est bon qu'à produire un mysticisme incroyable, à exalter l'imagination et les sens pour multiplier le nombre des *hystériques.*

6º Les *OEuvres de Louis Veuillot,* de ce pape laïque dont la plume est trempée dans le fiel le plus amer et dont les écrits font d'une religion d'amour une religion de haine et de vengeance.

7º Enfin voici l'*Histoire de Notre-Dame de la Salette,* dans laquelle la Vierge immaculée, en descendant des cieux sur une montagne des Alpes, pour révéler à Maximin et à Mélanie, (deux enfants), les malheurs qui vont accabler l'humanité, a oublié quoi ? que ces deux pauvres bergers ne connaissent pas un mot de français et qu'elle doit leur parler en patois si elle veut être comprise.

Comprenez-vous, Messieurs ?

Assez, Messieurs, quittons cette bibliothèque et livrons-nous à des considérations plus sérieuses.

Savez-vous les conséquences rigoureuses d'une telle direction prise au confessionnal? le blasphème, l'incrédulité, l'athéisme.

Le catholicisme, ainsi défiguré par le confessionnal, mène droit à l'athéisme : et il n'est que trop vrai de dire avec l'Évangile : Un abîme appelle un autre abîme. *Abyssus abyssum invocat.*

L'impartialité nous fait un devoir de proclamer devant vous, Messieurs, que dans les pays protestants, où la Bible est le livre des masses, il y a beaucoup moins d'athées que chez les catholiques romains.

La croyance aveugle aux prêtres, qui était de mise dans les temps d'ignorance, disparaît aujourd'hui devant les lumières du siècle; et la discussion seule peut servir de base à la foi religieuse.

Seule, elle peut établir jusqu'à l'évidence la fausseté des doctrines de l'Eglise romaine et la vérité des doctrines évangéliques, et arriver à la démonstration que les unes ne sont pas les autres.

Mais l'Eglise romaine, surtout depuis le fameux dogme de l'infaillibilité, n'entend pas que l'on discute, mais ordonne la soumission aveugle de l'esprit et de la volonté. « Soumettez-vous, croyez, ou bien soyez anathème, » dit le pape impérieusement.

Alors qu'arrive-t-il? En présence de ces ordres,

l'homme refuse l'obéissance de l'esprit, et, prenant aussitôt les erreurs du catholicisme romain pour les erreurs du vrai christianisme, attribuant à la doctrine du Christ ce qui n'est que le fait des doctrines de Rome, il s'éloigne du Christ et de l'Evangile pour se précipiter dans le gouffre de l'indifférence ou de l'athéisme.

Tels sont, Messieurs, les tristes résultats de l'enseignement de Rome et de ses confessionnaux.

Donc, Messieurs, le confessionnal est un obstacle invincible au progrès religieux. Institué pour entretenir l'ignorance et la superstition, il ne remplit que trop son funeste mandat. Plaie de notre siècle, il mène droit à l'incrédulité, à l'indifférence, à l'athéisme.

Au nom du Christ et de l'Evangile, au nom du progrès, plus de confessionnal. (*Applaudissements prolongés.*)

3e CONFÉRENCE

Rome, comme les enfants de Loyola, a toujours aspiré à la domination universelle. Ainsi s'expliquent le célibat et le confessionnal.

Le célibat, monstrueuse invention de Grégoire VII, constitue une armée permanente de plus d'un million d'hommes répandus sur toute la face de la terre ; et qui, sans liens de famille ni de patrie, ne connaissent qu'une seule patrie, la Rome papale, qu'un seul souverain, Pie IX, qu'un seul drapeau, celui du Vatican.

Cette armée, formidable par le nombre, est aussi fanatique que le régiment du *vieux de la montagne.*

Elle marche comme un seul homme : on lui dit : *va*, et elle part ; *viens*, et elle obéit.

Parallèlement au célibat fonctionne le confessionnal, puissance des plus redoutables, véritable police secrète, haute police, savamment organisée partout et toujours, au profit du despotisme romain. Il importe de l'étudier de près.

Nous allons voir que le confessionnal est incompatible avec le progrès social, parce qu'il se traduit par le despotisme et l'espionnage des plus odieux.

Messieurs, le caractère odieux du confessionnal où est-il?

Dans les moyens inqualifiables qu'il met en avant pour atteindre son but de domination universelle.

Au lieu de s'adresser au sexe fort, comme cela convient quand on a le sentiment de sa dignité, il circonvient hypocritement le sexe le plus faible, l'attire dans ses piéges et s'en sert habilement pour entraîner les plus forts; il gagne la femme et les enfants pour se glisser dans la famille et bientôt y régner en tyran, d'autant plus odieux que, pareil au serpent, il se cache sous les fleurs.

Comme le serpent fascine l'oiseau, le confessionnal fascine la femme. Vous connaissez tous, Messieurs, le pouvoir merveilleux du magnétisme animal et terrestre. Vous savez que l'aimant attire ce métal grossier, froid et résistant, appelé le fer, et le retient captif dans ses attractions puissantes. Vous savez aussi que les *De Puységur,* le baron *Dupoté* avaient le secret de magnétiser les individus non-seulement directement avec ou sans passes, mais encore indirectement et à distance, par un meuble, une glace, un foulard, un objet quelconque.

Dans les confessionnaux, y a-t-il des disciples du baron Dupoté? Usent-ils du magnétisme directement ou indirectement? Y a-t-il des confessionnaux magnétisés? Problème effrayant, gros d'orages et de tempêtes. Je le livre à toutes vos réflexions. Quoi qu'il en soit, Messieurs, je maintiens qu'au sacré tribunal la femme est trop souvent fascinée, comme l'oiseau par le serpent; trop souvent elle est transformée en un être qui ne *sent*, ne pense, ne veut, ne voit, n'entend et n'agit que par son confesseur.

Le dirai-je, Messieurs? Au confessionnal s'opère ce grand mystère que, dans sa divine comédie, le Dante appelle la *transhumanation*. La *transhumanation*, c'est-à-dire la transformation en une autre humanité. Alors le supérieur remplace l'inférieur, l'agent le patient; l'agent n'a plus à le diriger, mais devient tout son être.

Lui il est, l'autre n'est pas; il n'est pas autrement qu'à l'état de phénomène, d'ombre vaine, de néant.

Messieurs, quelle royauté! quelle divinité! c'est être l'idole, le Dieu d'un autre. Plus que Dieu, il dira à sa créature : « Dieu t'avait créée telle : autre je t'ai faite ; en sorte que, n'étant plus sienne, mais mienne, tu es *moi*, mon *moi inférieur*, qui ne se distingue plus de moi que pour m'adorer.

Messieurs, nous avons un exemple historique et frappant de cette vérité. La sœur Cornuau avait fini par prendre tous les goûts et toutes les idées de son directeur Bossuet. Quand il lui permit de se faire religieuse, elle prit le nom de sœur *Bénigne* (c'était le nom de Bossuet). Un instant elle était devenue jalouse d'une des pénitentes du

célèbre confesseur. Mais ce ne fut qu'un premier
mouvement, *motus, primo primus*, une simple
velléité, un éclair des plus rapides. Aussi, la
voyons-nous se faire *garde-malade* de celle même
dont elle était jalouse et qui était alors atteinte
d'un mal affreux.

Elle la suit à Paris, s'enferme avec elle, la
soigne, l'aime, la chérit et l'adore presque. Pourquoi, Messieurs ? pour la raison peut-être qui tout
à l'heure produisait l'effet contraire : parce que la
malade est aimée de Bossuet. O mystère inson-
dable du cœur de la femme !

Le confessionnal domine la femme.

Lui sera-t-il difficile de se glisser adroitement au
foyer domestique ?

Toutes les avenues, toutes les portes ne lui sont-
elles pas ouvertes à deux battants ?

Le terrain est tout préparé, le père de famille
favorablement disposé.

Le jour de la visite arrive. Le confesseur (un
jésuite) se présente : il est reçu par le mari et par
la femme avec les égards dus à celui qui aux yeux
du public représente un principe respecté. D'ailleurs, le prêtre, qui a fait vœu d'humilité et qui
par conséquent ne craint pas de se montrer humble,
s'efface autant qu'il le doit ; juste assez pour qu'on
dise de lui : *c'est un excellent homme et simple*. Oui,
simple, mais pas assez pour qu'on n'ait de sa valeur
et de son influence personnelles une haute idée.

Aussi la première entrevue lui est généralement favorable ; et, grâce à la maîtresse de la maison, chez laquelle les sentiments qu'elle éprouve pour son confesseur débordent, au moment où il se retire, il se voit autorisé à revenir par le mari lui-même.

Le premier pas est fait, il ne reste plus qu'à consommer la prise de possession. Une fois arrivé là, le prêtre agit à l'égard du mari comme il l'a fait à l'égard de la femme, mais par une exploitation différente. Dans le sexe, il a fait vibrer la corde du sentiment; dans l'homme, il touche celle de l'intérêt, de l'amour-propre, de l'ambition. Peut-on supposer un homme sans vanité, sans quelque affaire? Or, il advient qu'un jour, après plusieurs visites discrètement espacées, alors que la glace est rompue, le maître de la maison se montre un peu plus expansif. Habilement placé par le confesseur, que la femme a d'ailleurs mis au courant de tout, sur le terrain qu'il affectionne, le mari s'ouvre un peu. Il fait des demi-confidences, il exprime son espoir ou ses craintes ; et, sans précisément demander un avis, il permet tacitement qu'on le conseille.

C'est le moment que choisit le prêtre pour agir.

Connaissant toutes ou presque toutes les personnes de la paroisse, il peut lever les obstacles, être utile à la famille ; et sans hésiter, il offre ses bons offices.

S'agit-il d'une demande en instance, d'une affaire à mener à bonne fin, d'un différend à terminer? Il peut faciliter une entrevue avec le négociant, le fonctionnaire, le magistrat qu'il est indispensable de voir ; il peut faire appuyer, recommander une supplique, obtenir un emploi, épargner des ennuis; il peut même plus qu'il ne le dit, et il ne manque pas de l'insinuer.

Comment refuser une offre quand l'intérêt est en jeu, et surtout quand cette offre est faite avec la meilleure grâce du monde? Impossible d'y résister. Aussi ces avances sont-elles toujours acceptées avec empressement.

La démarche a lieu. — Une fois accomplie, le mari se trouve sous la dépendance du confesseur de sa femme; — il est son obligé; il a pu se convaincre par lui-même que les relations de ce prêtre sont nombreuses, que partout on l'a reçu avec déférence et que partout il a parlé avec une certaine autorité: donc c'est un homme puissant et d'un commerce précieux. Il faut le ménager et on le ménagera. Et voilà généralement l'histoire de la prise de possession définitive du foyer domestique.

Remarquez bien, Messieurs, que nous avons choisi les cas les plus défavorables; il aurait bien pu être question d'un emprunt à réaliser, d'une poursuite à éviter, d'un délai à obtenir, d'une affaire de famille scabreuse à étouffer. De là un double lien : celui qui résulte de l'obligation morale contractée, et celui qui provient de la crainte de se voir compromis.

Comprenez-vous maintenant, Messieurs, ce que peut engendrer une telle situation?

Bientôt le confesseur devient indispensable. Si un nouvel embarras surgit, aussitôt le mari pense à lui. Cependant il craint d'être indiscret, il ne convient pas à un homme de toujours demander, surtout lorsqu'il ne peut pas rendre service pour service.

Dans ces circonstances, une idée lui vient: — s'il faisait agir sa femme? — Ce que lui n'ose faire, sa femme l'osera. En allant à l'Église ou au confessionnal, elle *le* verra, lui dira un mot de l'affaire et le résultat sera obtenu sans qu'il ait paru le rechercher.

Instruite du rôle qu'on veut lui faire jouer, la femme, qui n'y voit aucun mal, accepte, et bientôt elle obtient ce qu'on est heureux de pouvoir lui accorder. Heureux, disons-nous, parce que chaque service rendu, plonge le mari dans la dépendance.

Maintenant, M. l'abbé vient dans la maison à son jour et à son heure: on ne se gêne pas avec lui.

Lui, si humble autrefois, il ne laisse plus passer l'occasion de donner son avis, de reprendre, de morigéner au besoin. Il affecte à l'égard du chef de la maison, non pas un air d'autorité, mais un ton de protection tolérée par les services rendus.

Si par malheur il a affaire à un esprit faible et borné, il le domine absolument. Si, au contraire, il se trouve en présence d'une nature intelligente et douée d'une certaine énergie, il l'assouplit peu à peu.

Il ne s'occupe d'abord que des choses futiles ou indifférentes en apparence, pour passer ensuite à l'éducation des enfants qu'il impose, à la tenue de la maison, à la dépense, pour finir enfin par tout réglementer et diriger.

Assis au haut bout de la table du festin, il préside aux fêtes de famille. Mêlé aux scènes les plus intimes de la vie privée, il se fait l'arbitre des différends qui s'élèvent entre les époux.

Insensiblement le mari s'habitue à cette ingérence, à cette domination, et les choses en viennent à ce point que le pauvre homme croit encore à son autorité, alors que son abdication est complète.

Messieurs, étudions attentivement la conduite du confesseur. Plus le chef de famille s'efface, moins le directeur paraît vouloir user de son omnipotence. Il se garderait bien de heurter la susceptibilité du mari. Qu'a-t-il besoin d'ailleurs d'élever un conflit entre l'amour-propre de ce dernier et les exigences de ses vues?

N'a-t-il pas un ami dans la place, dont l'action est incessante?

La femme qui s'est faite son miroir, son esclave, à la suite d'un pacte tacite, né de la force elle-même des choses, reçoit communication de ses volontés. Entre eux, ils combinent les moyens de le faire aboutir, mais surtout de le faire adopter par le mari. Elle se charge de ce dernier point. Guidée par le prêtre, elle attend son heure, profitant du moindre accident favorable pour glisser une insinuation, revenant sur ses pas, si le mari paraît rebelle, et pressant la conclusion s'il paraît favorable.

Ce qu'elle déploie d'astuce, de chatterie, de prudence dans les différentes campagnes qu'elle entreprend contre le chef de la famille est inimaginable, elle puise dans la confiance que lui inspire le confesseur et dans la certitude qu'elle a de bien faire, une souplesse d'allure, une force de persuasion qui étonnent. Elle calcule si exactement, l'occasion est si bien ménagée, elle sait donner à tout ce qu'elle fait une couleur si séduisante, qu'au moment où la combinaison passe à l'état de fait accompli, le mari se figure qu'elle lui appartient.

Cet état moral du chef du foyer, inaugure une ère nouvelle pour l'ingérence du prêtre. L'heure est venue de frapper un grand coup. Il faut qu'il y arrive, soit en s'appuyant sur les faits qui se sont produits, soit en faisant naître une occasion.

Quand il a été assez heureux pour avoir pu

rendre un de ces services qu'on n'oublie jamais, comme par exemple un *prêt* qui a sauvé une situation commerciale ; ou bien encore, quand il possède un secret de famille qui, divulgué, pourrait amener la ruine ou le déshonneur, il n'a rien à faire pour se maintenir. Ce n'est pas en pareil cas, on le conçoit, qu'il a besoin du génie *diplomatique*.

Messieurs, si vous voulez vous rendre exactement compte de ce qu'il peut faire pour s'implanter dans la famille, il faut le voir procéder quand une occasion favorable de dominer lui a fait défaut. Dans ces circonstances, le moindre fait devient entre ses mains un moyen énergique, un levier irrésistible. Il déploie une fécondité d'invention extraordinaire, une audace froide qui défie tout ce qui le transforme en *Deus ex machinâ*.

Vous savez, Messieurs, qu'on cite mille exemples où l'ingéniosité du prêtre s'est puissamment manifestée. Je vous en fais grâce.

Le voilà maître de la famille. Ce n'est pas assez, et ce soleil du foyer doit rayonner au dehors.

L'influence du confesseur dans la famille se dilate et s'étend au loin. Loué, vanté en tout lieu, en toute occasion, il acquiert une notoriété puissante, sa personnalité se développe démesurément.

Ceux qui le connaissent subissent l'illusion : ceux qui ne le connaissent pas se laissent emporter par le courant.

Bientôt sa probité, sa sainteté, son intelligence rare, sa bienveillance font articles de foi ; et c'est ainsi que très-souvent l'homme le plus vulgaire se trouve entouré d'une espèce d'auréole dont l'aveuglement l'a gratifié.

Tel est le résultat dont le point de départ est le confessionnal, résultat odieux parce qu'il a été obtenu par des moyens odieux.

Nous garderions le silence si cette influence, acquise par le confessionnal sur la femme et la famille, était mise *au service du progrès*.

Mais, hélas ! non, mille fois non. Elle est l'ennemie acharnée de tout progrès social !

Veut-elle la lumière, la science ? Ne voyez-vous pas que, comme le *hibou*, elle se cache dans les profondeurs des ténèbres ?

La science, Messieurs ! nous avons visité devant vous, dans la dernière conférence, la bibliothèque des pénitentes. Partout l'erreur, la vérité nulle part. N'est-il pas urgent pour les confesseurs d'écarter les livres qui dévoileraient les abus du clergé et provoqueraient une réforme religieuse ?

Quels sont les livres dont les confesseurs autorisent, conseillent, recommandent la lecture ?

Ce n'est pas la *Bible*, car elle apprend que le romanisme a dénaturé la religion du Christ.

Ce ne sont pas les livres des philosophes, des historiens consciencieux. Non, ce sont des livres à la façon des Pères Loriquet, de vrais chefs-d'œuvre d'ignorance et de superstition.

Et voilà comment on abuse de l'influence acquise au confessionnal.

Ce n'est pas tout, Messieurs, touchons du doigt les dangers du *confessionnal* au point de vue *du progrès social.*

L'esprit rempli, bourré de ces lectures habilement commentées par leurs confesseurs, les femmes et les enfants en viennent à considérer toute tentative de réforme civile comme un attentat contre la religion.

Dès lors, à l'instigation de leurs confesseurs, ils mettent en œuvre tous les moyens possibles de séduction pour amener les *parents* et les amis à ne point se mêler des réformes sociales.

Ainsi se trouvent faire défaut à la patrie, qui en a un si grand besoin, les têtes et les bras de tant d'hommes, et de ceux-là précisément que *leur qualité* de citoyens paisibles et de pères de famille *rendrait* le plus aptes à faire prévaloir des conseils empreints de sagesse et de modération.

Grâces et honneurs soient donc rendus aux confesseurs qui rendent à la patrie ce signalé service de la maintenir dans l'ignorance, pour la dominer et la reconduire, s'il était possible, à la barbarie!.. Mais vous n'y réussirez pas......

Le génie malfaisant qui pousse les confesseurs est d'autant plus dangereux qu'il se cache dans les ténèbres.

C'est le ver rongeur, le termite qui ronge en silence nuit et jour l'édifice social.

Les confesseurs ne se contentent pas de la déclaration des fautes du pénitent : ils veulent savoir ce qui se passe dans les familles. Ils arrachent tous les secrets aux domestiques, à un enfant, à une candide jeune fille, au beau sexe surtout. La curiosité du confessionnal ne s'arrête même pas devant les secrets du lit conjugal : En 1594, Clément VIII adressait ce reproche à la congrégation des jésuites : « Je voudrais bien savoir ce que vous faites pendant trois ou quatre heures dans le confessionnal avec des personnes qui se confessent journellement ? Je ne peux m'empêcher de conclure de cette pratique la vérité de ce qu'on vous reproche, que, par le moyen de la confession, vous vous mettez au fait de ce qui se passe dans le monde. »

Encore si le secret du confessionnal était gardé inviolablement !... Mais, hélas !... s'il en était ainsi l'espionnage ne serait pas complet et universel. Or, il a ce double caractère.

Citons un fait relatif à la franc-maçonnerie.

Quand au siècle dernier Rome connut l'existence des francs-maçons, Rome trembla pour sa domination universelle, à laquelle ils devaient naturellement et nécessairement s'opposer.

Rome voulait l'ignorance, la franc-maçonnerie, la science ; celle-ci voulait les lumières, — celle-là les ténèbres — l'une marchait en avant, l'autre s'efforçait de rétrograder. — Avare, l'une disait

sans cesse aux peuples asservis : apportez, apportez
toujours ; l'autre était au contraire la bienfaisance
incarnée. Quel antagonisme ! Quel contraste
effrayant pour le pape ! Rome, épouvantée, indi-
gnée, s'arma de ses foudres et lança ses anathèmes
contre la franc-maçonnerie.

Lisez, Messieurs, lesbulles de Benoît XIV, de
Pie VII, de Léon XII, de Grégoire XVI contre cette
société, et vous verrez comment les papes savent
user du confessionnal pour étouffer tout effort
vers la régénération sociale : « tout confesseur est
astreint, sous les peines les plus sévères, à imposer à ses pénitents l'obligation de dénoncer à
l'autorité ecclésiastique, non-seulement quiconque
leur est connu comme engagé dans cette société
ou toute autre ayant le même but, mais encore
quiconque même leur est simplement suspect
d'y être engagé ; et si le pénitent se refuse à
cette dénonciation : refus *d'absolution*, anathème.

Là où l'inquisition n'existe pas, les dénoncia-
tions se font à l'évêque ou à son vicaire général,
pour être transmises à Rome. »

Les archives de l'inquisition de Rome, visitées
par le gouvernement de la République en
mars 1849, ont fourni des millions de docu-
ments sur ce sujet. Un nombre infini de dénon-
ciations de confesseurs contre les libéraux se sont
trouvées dans ces infâmes archives, et presque
tous les libéraux des Etats Romains ont été

dénoncés par les confesseurs de leurs familles ou par ceux de leurs amis. La peur que Rome a des réformes sociales est telle, qu'elle pousse l'abus de son pouvoir dans le confessionnal jusqu'à obliger les pères à dénoncer leurs fils, les fils leurs pères, les épouses leurs maris, sans respecter les lois de la nature. Mais quelles lois y a-t-il pour le despotisme? (Voir le n° 79 du journal romain, *Il contemporaneo* du 7 avril 1849.)

Messieurs, il me semble que nous avons largement démontré que le confessionnal est incompatible avec le progrès religieux et social, qu'invention monacale, mise en vigueur par l'astucieux Innocent III au concile de Latran, en vue de la domination universelle du romanisme, il est le fléau du confesseur, des pénitents, des familles, de la société toute entière, qu'il finit par démoraliser.

En présence de cette démonstration, que nous aurions pu rendre plus saisissante, plus palpitante d'intérêt et d'actualité, n'eût été le respect pour cet auditoire d'élite, la conclusion à tirer est toute naturelle : suppression du confessionnal.

Telle est la conséquence rigoureuse de nos trois conférences sur cette matière. — Le confessionnal est une des grandes plaies de notre siècle. Travaillons ensemble à la guérir, non par la violence, à Dieu ne plaise! mais par la persuasion, par la puissance des idées. — Les idées, Messieurs, gouvernent le monde.

Eh bien, Messieurs, à l'aide de la parole, à l'aide de la presse, ce grand levier des temps modernes, ouvrons les yeux aux aveugles, l'oreille aux sourds, faisons parler les muets. En vérité, je vous le dis, le jour où le confessionnal aura perdu son prestige et sera vide, la religion et l'humanité marcheront à grands pas dans la voie du progrès.